Once upon a time I was...

獻上一首最喜歡的詞

黃葉無風自落，秋雲不雨長陰

天若有情天亦老，搖搖幽恨難禁

惆悵舊歡如夢，覺來無處追尋

宋・孫洙《何滿子 秋愁》

理事長楊志良

關於作者：

有動人的愛，而經書的愛，曾祖母，這祖父，祖母被什麼樣的人（包括你是否想過，一個值得你懷念的人？這是一個關於祖父母的故事。曾書被人創作，而祖母，這祖父，祖母被什麼樣的人（包括你）是什麼戎，只是確定自己最愛哪一首歌？從未知道他的幾個值得你懷念的人（包括他/她的一切。這本書的設計念和人生體驗，當作一份最珍貴的收藏。過想想祖父和維也納的好，說過一定有一個典藏空間和線索，記錄下他/她的信他/她的一切。這本書的設你過力相不找自己計念和人生體驗，當作一份最珍貴的收藏。

如果，你自己還不需要，試試當作一份禮物或遊戲，在假日與大夥以群體方式完成的活動。我得說，尋找答案和對話的過程，會擦出許多火花，請享受過程。

說明：

空間是為了有助於創作出獨一無二屬於「自己的傳記」。塗吧，抹吧，畫吧，貼吧，寫吧！

√ 寫多比寫少好
√ 真實比掩飾好
√ 句中有「因為我喜歡」越多越好
√ 絕不要想一口氣完成這本書
√ 要包含這一生全部最好的經歷
√ 用一支黑字筆劃掉你不想回答的問題的日期，之後，回答問題有所增刪，再加上新的日期。
√ 寫上你回答內容有所增刪，再加上新的日期。甚至用你愛的顏色寫字畫畫，越個人風格才越有味道。
√ 越繽紛多彩越好！甚至用你愛的顏色的筆寫字畫畫，越個人風格才越有味道。

這是

· · · · · · · · · · · · · · · · · · · ·

給我的書

我的
人生樂章

基本資料

我的名字

我的出生年月日

我的出生地

我的父母

我的兄弟姐妹

我的祖父母

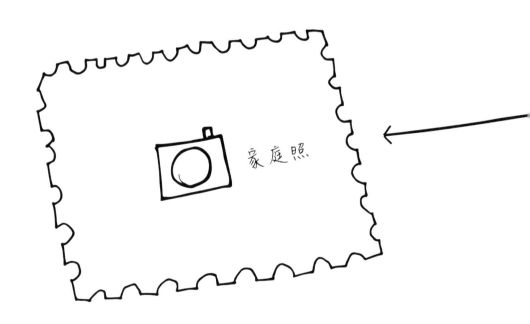

家庭照

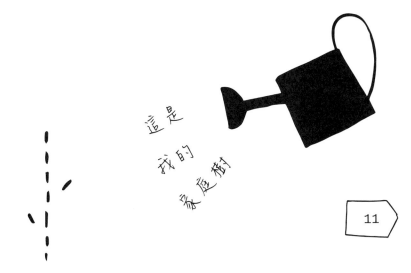

這是
我的
家庭樹

我　是

交往中

單身

已訂婚

已離婚

已結婚

我有/沒有小孩，他們的名字是

我名字的由來

如果我的性別和現在不一樣，我的名字會是

童年時光

第一個記憶

最喜歡的成長記憶

最糟糕的成長記憶

小時候的我

長大後，我認為父母是

◯ 全心付出   ◯ 細心呵護

       ◯ 言行合一

              ◯ 嚴格

       ◯ 開放   ◯ 放任

◯
  其他：

我和父母，我和父/我和母的關係

我和父/我和母比較親，因為

我和父母最甜蜜的相處時光

從小父母教導我的事是

我和兄弟姊妹的關係是

我和我兄/弟/姊/妹關係最好

我和兄弟姐妹最甜蜜的相處時光

我和祖父母的關係

我和祖父/祖母，比較親

我和祖父母最甜蜜的時光

可以這樣描述我的家庭

我相信聖誕老人的存在，直到我 ⎵⎵ 歲

及 ⎵⎵⎵⎵ 告訴我，他是不存在的

節日如過年/端午/中秋是這樣度過

我的生日是這樣過

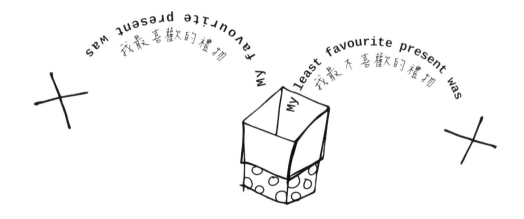

My favourite present was 我最喜歡的禮物是

My least favourite present was 我最不喜歡的禮物

我 長 得 像：

我們一起玩的遊戲

我們一起看的電視節目

我以前是個

◯ 體貼　　　　　　　　◯ 有主見

　　◯ 害羞

　　　　　　　　　　　　◯ 活潑

　　◯ 隨興

的小孩

小時候，我是（或別人告訴我）

小時候，我得過的疾病

我做過最調皮的事

我被處罰，因為

我成長在

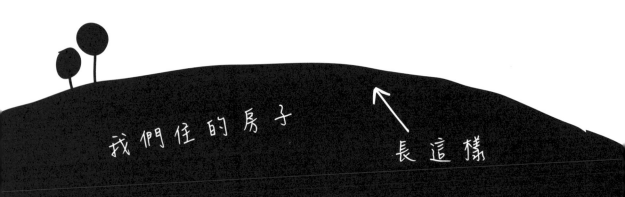

我們住的房子　　　　長這樣

我的臥室　長這樣

我牆上貼的海報是

我最喜歡的童書

我小時候最喜歡的遊戲

我最喜歡的玩具

我最喜歡的兒童電視節目

if

如果我的人生是一首歌
這首歌會是：

some pictures of pets we had

我們家的寵物照真

我們家有過寵物　　有／沒

它們是

小時候，我一直盼望自己長大要像誰一樣

我童年的重要人物是

我吸取過的教訓

我曾經害怕

我曾經玩過運動是

This was my first good friend. This was my first good friend. This was my first good friend. This was my first good friend. This was my first good friend. This was my first good friend.

我的第一位好朋友

名字：

我現在還和他/她聯繫 - 沒有/有

童年時期我的學校朋友

幼稚園的時候

國小的時候

我喜歡/不喜歡上學，因為

我在學校最喜歡做的事

我在學校不喜歡做的事

我最喜歡的課後活動

我曾經欺負/被欺負

我最喜歡的老師是

我小時候，想要成為

美 好
時 光

。。。。

✖- - - - - - - - - - - - - - - -

我 把 樹 及
的 幾 張

照 片

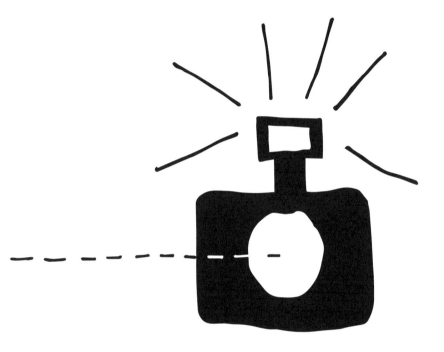

我見證了
這些科技的發明

影響我深遠的
重大事件

求學&
打工時期

求學時，我的綽號

當我回想求學時期，我想到

我
求學的
樣子

獲得的文憑/
畢業證書

最喜歡的科目

最擅長的科目

最不擅長的科目

曾經最好的成績

最棒的作弊妙招

我曾經是受歡迎的小孩

　　　是　　　不是

曾經的偶像是

當我 ．．．．．．．．．．．．．，我就搬離父母家

我父親的職業是

你認得出是我嗎？

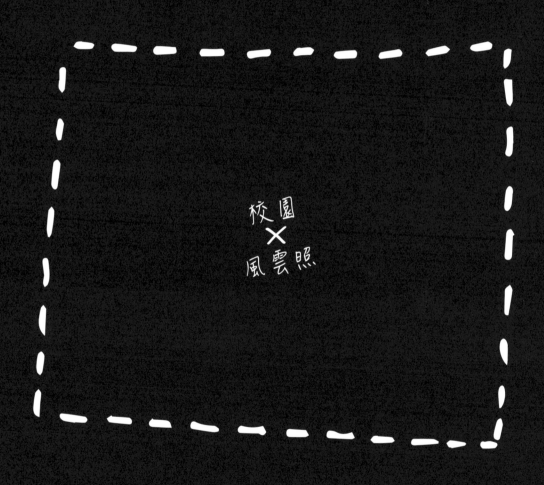

校園
╳
風雲照

我母親的職業是

我的第一份工作是

求學時期，我打過的工

我用自己賺來的錢，買的第一件東西是

if

如果我可以
現身現場見證
過去、現在、未來的
一件大事件
　我要去：

我曾經做過最棒的工作是

做過最久的一段工作是

我在工作之餘，最喜歡做的事是

我曾經得到 / 沒有得到 我一直想要的工作，
因為

我得到最棒的職場忠告是

來

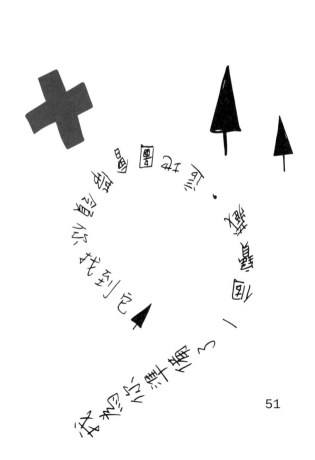

快樂
&
心痛

我的第一次約會對象

我們去過的地方

我的初吻是在　　　　　　歲，和

當時覺得

我的第一次是在　　　　　　歲，和

當時覺得

我認為男人/女人最吸引人的地方是

我最甜蜜的愛情故事

我最悲傷的愛情故事

我做過最浪漫的事

我曾經歷過最浪漫的事

對我來說完美的約會是

關於愛情，我最重要的忠告是

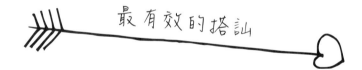
最有效的搭訕

當失戀心碎時

我的建議是

我的初戀經驗

我的初戀對象

當時心碎的原因

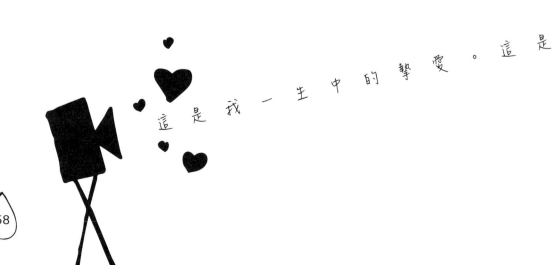
這是我一生中的摯愛。這是

一生的摯愛是

我遇見他/她，是在

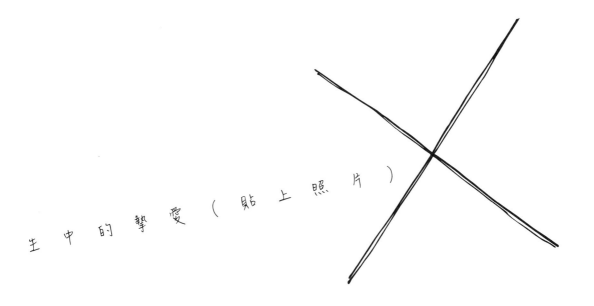

生中的摯愛（貼上照片）

覺得另一伴最吸引我的地方是

我向/被 ＿＿＿＿＿＿ 求婚，當時

我們的婚禮 ♡

花小孩（們）的照片

*

我們有 ……….. 個 小孩

小孩出生當時我……

我覺得擁有孩子最棒的是

我可以這樣描述我和孩子的關係

我和孩子的美好時光

我可以這樣描述我和父母的關係

父母親教導我

我可以這樣描述我和兄弟姐妹的關係

如果
我有了超能力
我希望它是：

我的朋友們有

這是

我最好的
朋友

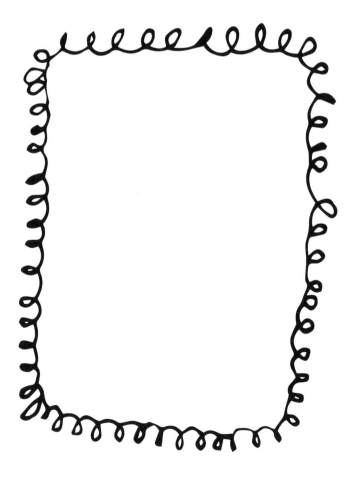

我和朋友做過最瘋狂的事

身為朋友，最重要的特質是

我的音樂清單

1

2

3

4

5

6

7

8

9

10

我愛的

我 愛 的 音 樂 ♫

我 愛 的 音 樂

我 愛 的 音 樂

我 愛 的 音 樂

我 愛 的 音 樂

♫
放一份喜歡的CD/
卡帶封面或歌詞
本在這本書內

這些是最棒的
演唱會/電影/展覽/
音樂會/表演的票根

我的
個人特質

我最佳的特質是

我最糟的特質是

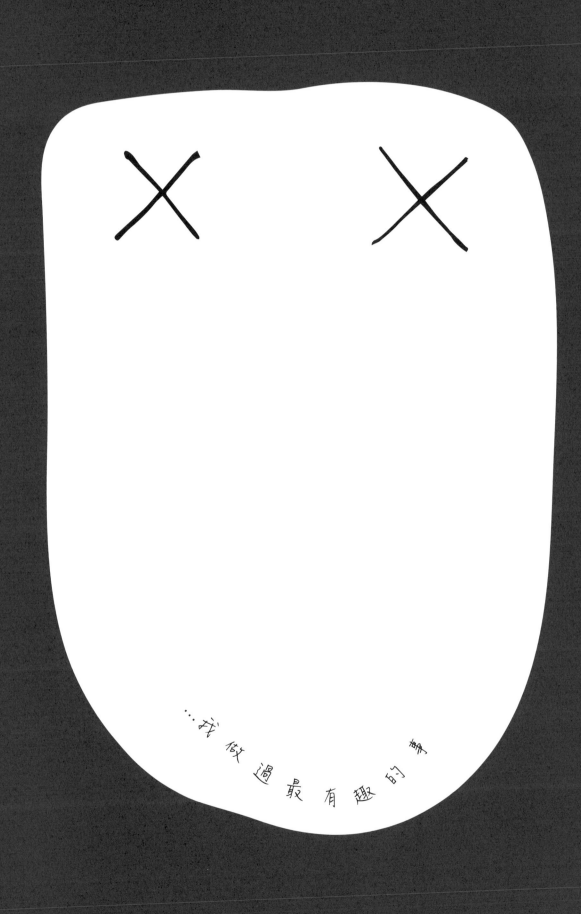

我最醜的地方

我最美的地方

我最喜歡做的事

我最不喜歡做的事

我擅長的事

我不擅長的事

我做過最得意的事

我做過最糗/不光彩的事

我人生最重要的三件事

經歷過最糟糕的經驗

曾經做過最難的決定

if

如果
我可以選擇性別
我想當：

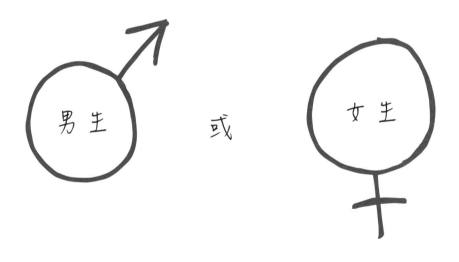

男生　　或　　女生

因為：

面對挫折時

在悲傷的時候，這意念給我了力量

我的人生智慧是

我理想的一天

我去過的地方

最喜歡的
假期回憶

世界必看的地方

我很感謝  這 是 我 最

我聽過最動人的稱讚

會讓我悸動的是

我不能忍受的是

誇
　　張
　　　　的
　　　　　　鬼
　　　　　　　臉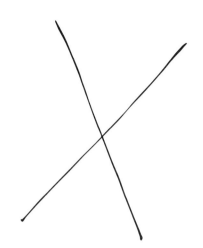

你可以用這個原因，叫我起床

快樂對我而言是

if

如果我可以
邀請三位（在世或
先人）共進晚餐
名單會是

因為：

我後悔沒有做的事：

我人生的亮點是

別人給我最好的忠告是

別人給我最糟的建議是

我的人生最大轉捩點是發生在

這是我的手型

我做過最糟糕的事

我感到愧疚的事

我說過最大的謊言

我內心深處的秘密

我經歷過最尷尬的事

如果我可以重新來過的一件事，那會是

這是自畫像

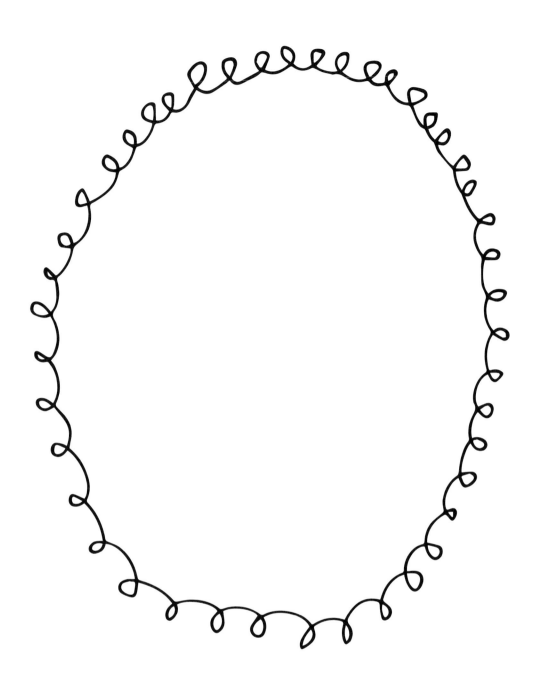

是我人生最大的想像力之泉

是在我人生中教導我最多的人

是在我人生中改變我最多的人

我欠　　　　　　　　很多

我的夢想是 ＿＿＿＿＿＿ ，有/沒有 成真

我現在還想學的是

如果我能改變世界，我要改變

如果有個故事是關於我的一生的電影，
片名是

如果拿我自己和一部電影或電視節目的
角色比較，那會是

我深信的是

我不相信的是

我認為人離開後，會到

人人都叫我

我的小名是

我投票給．．．．．．．．．．．．．．．過，

因為

我的嗜好是

我的怪癖是

我曾經刺青／穿耳洞／開刀

　　　　　有　　沒有

我身上有什麼和一般人不一樣

我擁有三個最有價值的教訓是

if

如果
可以為
自己命名
我要給自己
取的名字
是：

這是我花最多時間
完成這本書的地方

qu★z

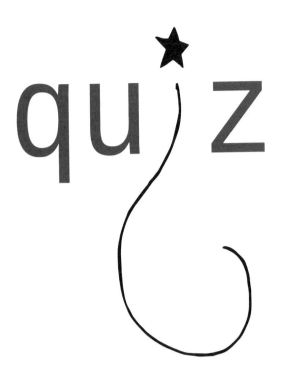

好玩的小測驗
以及我想讓你知道的
有趣事實

你可以在本書
的＿＿頁找到答案

問題

是複選題！

a

b

c

②

a

b

c

③

   a
   b
   c

④

   a
   b
   c

⑤

 a
 b
 c

⑥

   a
   b
   c

⑦

所有我稱為
「家」
的住址

我的最愛

最喜歡的回憶

最喜歡的三部電影

最喜歡的作者

最喜歡的三部電視節目

最喜歡的三本書

最喜歡的戲劇

最喜歡的諺語

最喜歡的

詩/詞

我喜歡：

夏天

春天

秋天

冬天

因為：

一句俏皮話

最喜歡的三個品牌

最喜歡的渡假勝地

最喜歡的飯店

if

如果
我可以永遠
停留在這個年齡
我選擇留在：

最喜歡的地方/城市

最喜歡的國外城市/地方

最喜歡的國家

最喜歡的餐廳

最喜歡的酒/雞尾酒/啤酒

最喜歡的飲料

最喜歡的餐點

不喜歡的餐點

好吃
好吃
好好吃
好吃

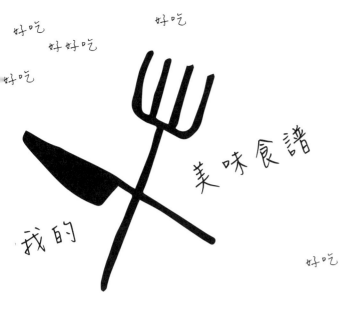

我的 美味食譜

好吃

這道菜叫

_____

材料:

作法:

最喜歡的零食

最喜歡的冰淇淋

最喜歡的水果 / 蔬菜

最喜歡的寵物

最喜歡的甜點

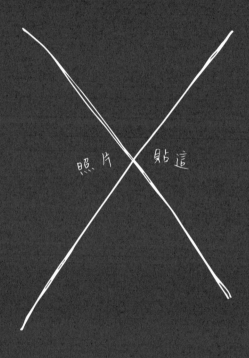

照片貼這

My favourite perfume/aftershave smells like this... spray away!

我最喜歡的香水/刮鬍水味道……噴在這！

留個樣品在這本書

品牌：

最喜歡的動物

最喜歡的車

最喜歡的歌曲

最喜歡的歌手

如果我被困在荒島上
沒有這三樣東西
我會活不下去：

最喜歡的音樂類型

最喜歡的音樂專輯

最喜歡的顏色

住過最喜歡的房子在

我現在最喜歡的遊戲

最喜歡的運動

最難忘的時刻

最喜歡的男運動員/女運動員

最英俊的男人 / 漂亮的女人

如果
我可以選擇
重新經歷某一天
那天是：

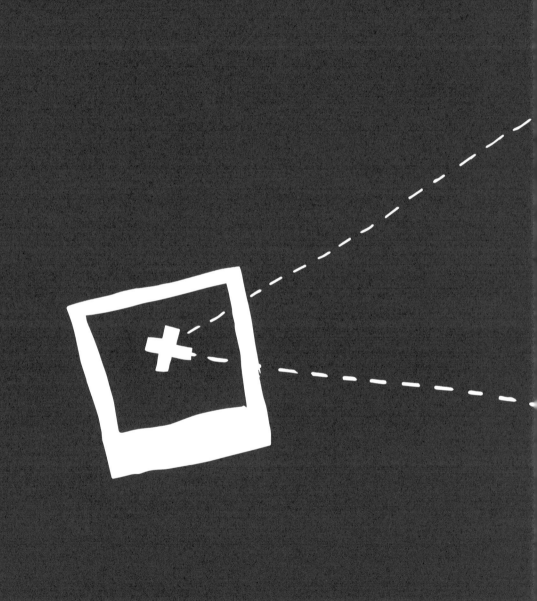

再多幾張照片

我的選擇

　　或

私下　或　公開

害怕　或　勇敢

高　或　低

　　或　

簡單　或　複雜

整齊　或　邋遢

命運　或　巧合

存錢　或　花錢

甜的　　或　　鹹的

狗　　或　　貓

之上　　或　　之下

一起　　或　　獨自一人

出去走走　　或　　宅在家裡

平坦的　　或　　崎嶇的

懶洋洋　　或　　精力充沛

摩登的　或　非摩登的

城市　或　鄉村

　或　

樂觀　或　悲觀

聽　或　看

未來　或　過去

　或　

玩遊戲是為了贏　或　為了好玩

if

如果
我有一台時光機
我要去：

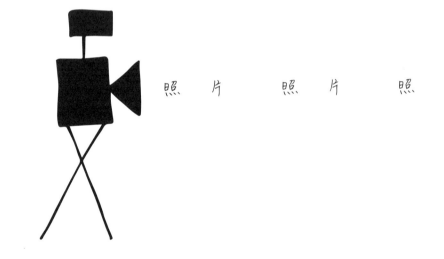

照 片　照 片　照

照 片 照 片 照 片 . . . ✖

年長讓我越來越有智慧？

我的行為和我的年齡相符？

對於未來，我有什麼期待？

退休了嗎？幾歲退休？為什麼選擇這個
年紀？

我害怕變老嗎？

我還有未完成的願望是什麼？

如果要成為一名活躍老人，我覺得應該要怎麼做？

當我老的時候，我的理想生活是什麼？

 我想增加

從前從前... / 張美慧編輯. -- 第一版. --
臺北市 : 台灣高齡化政策暨產業發展協會, 2015.11
面 ; 公分
譯自 : Once upon a time I was...
ISBN 978-986-92504-1-2(精裝)

1.傳記寫作法

811.39   104025168

理事長 / 楊志良
發行人 / 吳春城
執行長 / 張美慧
總編輯 / 桂雅文
翻譯 / 高發會
封面 / 高挺育
完稿 / 黃品瑄
編輯 / 吳庭萱
法務 / 陳玉揚
行政 / 姚淨中
北京辦事處 / 吳庭宇·李依容

代理經銷 /白象文化事業有限公司
地址 / 420台中市南區美村路二段392號
電話 / (04) 2265-2939
傳真 / (04) 2265-1171
出版 / 2018/09/05 二版二刷
策劃 / 社團法人高齡化政策暨產業發展協會(高發會)
        Active Aging Association Taiwan, AAA
地址 / 100台北市鎮江街5-1號7樓
電話 / （02）2391-1760 傳真 / 02-2391-1676
Email / activeagingtw@gmail.com
http://www.activeagingtw.org/
執行 / 五六七八久社會企業有限公司
Email / 56789se@gmail.com